第10回「ほたる賞」グランプリ作品

# いのちはどこに入《はい》ってるの？

竹内 亨・作　早稲本雄二・画

ハート出版

ゆっさ、ゆっさ、ゆっさ…

ゆっさ、ゆっさ、ゆっさ…

みどりがあざやかな、五月《がつ》の日曜日《にちようび》。キリリとした日《ひ》ざしのなか、さわやかな風《かぜ》がふいています。道《みち》のりょうがわには、たくさんの木《き》がならんでいます。葉《は》っぱのかげが、ダンスでもおどるように、道《みち》の上《うえ》でゆらゆらとゆれています。

幼稚園《ようちえん》の年長《ねんちょう》さんにあがったばかりの圭太《けいた》は、小《ちい》さなリュックをせおって、その道《みち》を歩《ある》いていました。大好《だいす》きなパパとママにつかまって、はねたり、ぶらさがったりしながら、公園《こうえん》にお昼《ひる》ごはんを食《た》べにいくのです。ゆっさ、ゆっさ、ゆっさと、圭太《けいた》のリュックもゆれています。

小《ちい》さなリュックのなかでは、おもちゃのカブトムシやクワガタたちが、まんいん電車《でんしゃ》のようにかさなりあって、ゆられていました。

圭太《けいた》が出《で》かけるときは、いつも、このおもちゃたちといっしょです。みんなには、ちゃんと名前《なまえ》がついています。カブトムシの「カブ太《た》」と「ゲン太《た》」、「ヘラクレス」、「ネプチューン」と「コーカサス」。そしてクワガタの「一太《かずた》」と「力太《りきた》」の七匹《ひき》です。


圭太《けいた》は、ほんとうはおもちゃじゃなくて、ほんもののカブトムシやクワガタが好《す》きでした。そして、きょねんの夏《なつ》には、カブトムシを飼《か》っていました。でも、ほんものは秋《あき》になってから、だんだん元気《げんき》がなくなり、とうとう十一月《がつ》に死《し》んでしまいました。

圭太《けいた》は動《うご》かなくなった死《し》がいを、いつまでも見《み》つめていました。そのうちに、また動《うご》きだすような気《き》がしてならなかったのです。でも、いくら見《み》ていても、カブトムシは動《うご》こうとはしませんでした。

「死《し》んじゃったから、もう動《うご》かないのよ」

と、ママがいいました。

「どうして死《し》んじゃうと、動《うご》かないの？」

圭太《けいた》がきくと、ママは少《すこ》しかんがえてから、せつめいしてくれました。

「生《い》きものにはね、からだのなかに、いのちっていうのが入《はい》っててね、そのおかげで生《い》きてるの。だからエサを食《た》べたり、動《うご》きまわったりできるの。でもね、死《し》ぬとね、いのちがぬけちゃうから、もう動《うご》けないの」

「じゃあ、いのちを入《い》れてあげればいいじゃん！」

と、圭太《けいた》はいいました。ママは、圭太《けいた》がたいへんなことを、かんたんにいうので、ちょっとおどろいてしまいました。そして、圭太《けいた》を見《み》つめて、やさしくいいました。

「いのちってね、一度《いちど》なくなったら、もう入《い》れたりできないの。だからいのちって、とってもとっても、たいせつなのよ」

つぎの日《ひ》、圭太《けいた》はお家《うち》の小《ちい》さなお庭《にわ》に、カブトムシのお墓《はか》をつくってうめました。ママはいいました。

「生《い》きものって、いつかは死《し》んじゃうのよ。かわいそうだから、これからは、おもちゃのカブトムシにしたほうがいいね」

それで圭太《けいた》は、ほんもののカブトムシではなく、おもちゃたちとあそぶようになったのです。

そんな大好《だいす》きなカブトムシのおもちゃたちにまざって、きょうは一匹《いっぴき》の新入《しんい》りがいました。それは、プラスチックでできたガイコツの恐竜《きょうりゅう》。アタマや手《て》や足《あし》、胴体《どうたい》やシッポなど、おうど色《いろ》のプラスチックのガイコツを組《く》

みたててあるおもちゃです。この恐竜《きょうりゅう》もいっしょに公園《こうえん》にいくのは、きょうがはじめてです。

圭太《けいた》はこないだのゴールデンウイークに、博物館《はくぶつかん》につれていってもらいました。そこには、ティラノザウルスという恐竜《きょうりゅう》の骨格標本《こっかくひょうほん》が展示《てんじ》してありました。骨《ほね》を組《く》みたててつくった、実物大《じつぶつだい》の模型《もけい》といったものです。圭太《けいた》はそれをはじめて見《み》て、あまりの大《おお》きさにおどろいてしまいました。

パパがおしえてくれました。

「恐竜《きょうりゅう》はね、パパやママが生《う》まれるずっとまえに、生《い》きてたんだよ。おじいちゃんやおばあちゃんが生《う》まれるよりもずっとずっとまえだよ」

「こんなに大《おお》きかったの？」

「そうだよ。ティラノザウルスは肉食恐竜《にくしょくきょうりゅう》でね、大《おお》きな口《くち》で、ほかの動物《どうぶつ》を食《た》べて生《い》きてたんだ」

「じゃあ、わるいヤツなの？」

圭太《けいた》がパパを見《み》あげてきくと、パパはせつめいしてくれました。

「う～ん、ほかの動物《どうぶつ》にとっては、わるいヤツだろうね。でも、ティラノザウルスは動物《どうぶつ》を食《た》べないと生《い》きていけないわけだから、しかたないかな。そういうふうに生《う》まれてきたんだからね。そうそう、人間《にんげん》だって、お魚《さかな》を食《た》べたり、ほかの動物《どうぶつ》のいのちをいただいて生《い》きてるんだよ。だから、わるい恐竜《きょうりゅう》だと決《き》めつけちゃいけないかもしれないね」

「そんなこと話《はな》しても、まだ圭太《けいた》にはわからないでしょ」

と、ママがいいました。でも、圭太《けいた》は、なんとなくわかったような気《き》がしました。

その博物館《はくぶつかん》の売店《ばいてん》には、骨格標本《こっかくひょうほん》のおもちゃがおいてありました。

「あっ、これ、さっきの恐竜《きょうりゅう》だ！」
圭太《けいた》はひと目《め》で、それがほしくなりました。でも、わるいヤツだったら
どうしよう、というしんぱいもありました。
「ねえねえ、これ、カブトムシも食《た》べるの？」
パパはちょっとかんがえてからいいました。
「恐竜《きょうりゅう》が生《い》きてたころに、カブトムシがいたかどうか、パパは知《し》らないん
だ。カブトムシの先祖《せんぞ》とか、おなじようなのはいたと思《おも》うけど。でもね、
恐竜《きょうりゅう》が食《た》べてたのはもっと大《おお》きな動物《どうぶつ》だから、カブトムシは食《た》べないと思《おも》
うよ」
圭太《けいた》はそれをきいて、ひと安心《あんしん》です。どうじに、恐竜《きょうりゅう》のおもちゃがほし
くてほしくて、いてもたってもいられなくなりました。それで、パパとマ
マにおねがいして買《か》ってもらったのです。

☆　☆　☆

ゆっさ、ゆっさ、ゆっさ…

ゆっさ、ゆっさ、ゆっさ、ゆっさ…

そういうわけで、きょうの圭太《けいた》のリュックには、カブトムシのおもちゃのカブ太《た》たちと、新入《しんい》りの恐竜《きょうりゅう》が入《はい》っていたのです。圭太《けいた》は、早《はや》く恐竜《きょうりゅう》とあそびたくてウズウズしていました。

いつも圭太《けいた》は公園《こうえん》で、カブ太《た》たちを木《き》にのぼらせたり、おすもう大会《たいかい》をしたりしてあそんでいました。木《き》のベンチの上《うえ》で、カブ太《た》たちにおすもうをとらせるのです。といっても、おもちゃがかってにおすもうをするわけではありません。圭太《けいた》が二匹《ひき》をえらんで、自分《じぶん》の手《て》にもってあそぶのです。

圭太《けいた》は、そのおすもう大会《たいかい》に、恐竜《きょうりゅう》も出場《しゅつじょう》させようと思《おも》っていました。おもちゃの恐竜《きょうりゅう》は、博物館《はくぶつかん》に展示《てんじ》されていたのとちがって、とっても小《ち》さいですが、カブトムシたちよりはずっと大《お》きくて、つよそうです。

「恐竜《きょうりゅう》がカブトムシたちをどんどん投《な》げとばすのかな？　でも、小《ち》さくてもカブトムシたちの力《ちから》はつよいから、恐竜《きょうりゅう》に勝《か》てるかもしれないな…」

勝敗《しょうはい》をきめるのは、おもちゃを動《うご》かす自分《じぶん》なのに、圭太《けいた》は勝《か》ち負《ま》けをかんがえて楽《たの》しむのです。

でも、圭太《けいた》の気持《きも》ちとは反対《はんたい》に、カブ太《た》たちは、ちょっと恐竜《きょうりゅう》をいやがっていました。いままでは自分《じぶん》たちが主役《しゅやく》だったのに、これからは恐竜《きょうりゅう》が主役《しゅやく》になってしまうんじゃないかと、しんぱいだったのです。

すもう大会《たいかい》をやっても、恐竜《きょうりゅう》には勝《か》てそうもありません。カブ太《た》たちは、恐竜《きょうりゅう》といっしょにリュックのなかでゆられながら、ふあんな気持《きも》ちでいっぱいでした。

そんなとき、ちょっとした事件《じけん》がおこりました。さっきまでまっ暗《くら》だったリュックのなかに、光《ひかり》がさしこんできたのです。カブ太《た》がおどろいて上《うえ》を見《み》ると、リュックのファスナーが開《ひら》いて、光《ひかり》がもれているのでした。たぶん、圭太《けいた》がファスナーをしっかり閉《し》めなかったので、ゆれているうちに開《ひら》いてしまったのでしょう。

カブトムシのおもちゃたちのあいだに、ざわめきが広《ひろ》がりました。というのは、みんなは大《おお》きくゆられていたので、そのひょうしに外《そと》に飛《と》び出《だ》して落《お》ちてしまうのではないかと、しんぱいになったからです。


ゆっさ、ゆっさ、ゆっさ…

ゆっさ、ゆっさ、ゆっさ…

まもなくそのしんぱいは、あたってしまいました。カブ太《た》たちはだいじょうぶだったのですが、大《おお》きくゆれたひょうしに、恐竜《きょうりゅう》が飛《と》び上《あ》がり、開《ひら》いたファスナーにはさまってしまったのです。カブ太《た》が見《み》あげると、恐竜《きょうりゅう》のからだが空中《くうちゅう》でブラブラとゆれています。

「あぶない…」

と、カブ太《た》はつぶやきました。このままで大《おお》きくゆれたら、恐竜《きょうりゅう》は外《そと》に落《お》ちてしまうかもしれません。

「たすけなくちゃ！」

カブ太《た》がそういうと、ヘラクレスが冷《つめ》たくこたえました。

「新入《しんい》りのナマイキな恐竜《きょうりゅう》なんだぜ。べつに、落《お》ちて死《し》んでもかまわないさ！」

ほかのみんなも「そうだ、そうだ！」といいました。カブ太《た》は反対《はんたい》しました。

「そんなことというなよ。恐竜《きょうりゅう》だって、ボクたちとおなじおもちゃのなかまじゃないか！」

でも、だれもカブ太《た》の意見《いけん》をききませんでした。カブ太《た》はしかたなく、だまってしまいました。

ゆっさ、ゆっさ、ゆっさ…

ゆっさ、ゆっさ、ゆっさ…

そのあとも、リュックはゆれつづけていました。しかも、おそろしいことに、ゆれるたびに、リュックのファスナーが大《おお》きく開《ひら》いていくではありませんか。恐竜《きょうりゅう》のからだは、そのわれめから少《すこ》しずつ外《そと》に出《で》ていきます。

はじめはアタマを出《だ》しているだけだったのに、腕《うで》を出《だ》し、胸《むね》を出《だ》し、ついにおなかまで外《そと》に出《だ》してしまいました。下《した》から見《み》ると、シッポだけがリュックのなかに、たれ下《さ》がっている感《かん》じです。

そんなことになっているとは思《おも》いもしない圭太《けいた》は、どんどん歩《ある》きつづけます。

ゆっさ、ゆっさ、ゆっさ！

そのひょうしに、恐竜《きょうりゅう》のガイコツのアタマがとれて、ポトリ、と道路《どうろ》に落《お》ちました。

ゆっさ、ゆっさ、ゆっさ！

こんどは二本《にほん》の腕《うで》がつづいてとれて、ポトリ、ポトリ、と道路《どうろ》に落《お》ちました。

ゆっさ、ゆっさ、ゆっさ！

こんどは胴体《どうたい》と足《あし》がとれて、ポトリ、ポトリ、ポトリ、と道路《どうろ》に落《お》ちました。
そのとき、リュックのなかでは、カブ太《た》たちが上《うえ》を見《み》あげていました。
そこへ恐竜《きょうりゅう》のシッポが、ドサリ、と落《お》ちてきました。

公園《こうえん》についた圭太《けいた》は、待《ま》ちきれずにリュックをおろしました。ファスナーを開《ひら》こうとしました。でも、もうファスナーは開《あ》いてしまっています。

「どうしてだろう？　カブ太《た》たち、だいじょうぶかなぁ？」
圭太《けいた》は芝生《しばふ》の上《うえ》で、リュックをさかさまにしました。七匹《ひき》のカブトムシやクワガタのおもちゃたちが、ゴロゴロところげ出《で》てきました。でも、そのなかに恐竜《きょうりゅう》はいません。背骨《せぼね》のようにゴツゴツとした、おうど色《いろ》のシッポが出《で》てきただけでした。

「恐竜《きょうりゅう》がいない！」

圭太《けいた》はさけびました。パパがリュックのなかをしらべました。でもやっぱり、恐竜《きょうりゅう》はいません。

「とちゅうで落《お》としちゃったんじゃないかい？」

と、パパはいいました。

「しょうがないわね、圭太《けいた》は！　飛《と》びはねて歩《ある》くから、落《お》ちちゃったのよ、きっと」

と、ママがいいました。圭太《けいた》は大《おお》きな声《こえ》でいいました。

「さがしにいかなくちゃ！」

☆　☆　☆

圭太《けいた》はパパとママと三人《にん》で、いま来《き》た道《みち》をもどっていきました。道路《どうろ》に恐竜《きょうりゅう》のガイコツが落《お》ちていないか、よ〜く見《み》ながら歩《ある》いていったのです。しばらく歩《ある》くと、小《ちい》さなおうど色《いろ》のものが、点《てん》のように見《み》えました。

「あっ！」

圭太《けいた》はさけんで、それに向《む》かって走《はし》りだしました。

「走《はし》っちゃダメ！　クルマにひかれるわよ！」

ママが大声《おおごえ》でさけびました。でも、クルマは走《はし》っていませんでした。圭《けい》太《た》は、道《みち》にしゃがみこんで、おうど色《いろ》のものをひろいました。それは恐竜《きょうりゅう》の一本《ぽん》の足《あし》でした。

よく見《み》ると、おうど色《いろ》のものが、道《みち》に点々《てんてん》と落《お》ちています。まるで探偵《たんてい》さんが、歩《ある》いてきた道《みち》に、めじるしをのこしてきたみたいに、それはつづいていました。

少《すこ》し先《さき》には、もう一本《ぽん》の足《あし》、その先《さき》には手《て》と腕《うで》、そしてアタマ。でも、胴体《どうたい》がありません。圭太《けいた》が「おかしいな」と思《おも》ってよく見《み》ると、道《みち》ばたにコナゴナになった、おうど色《いろ》の破片《はへん》がちらばっています。圭太《けいた》は、いやな予感《よかん》がしました。そして、それを指《ゆび》さしてききました。

「これ、なあに?」

パパとママが、それを見《み》にきました。

「これ、胴体《どうたい》じゃないか…」

と、パパがいいました。よく見《み》ると、それはあばら骨《ぼね》などの破片《はへん》のようでした。とってもこまかくなって、そこらじゅうに飛《と》びちっていました。

圭太《けいた》はあわてて破片《はへん》をひろいました。でも、すごくこまかいものまではひろえません。圭太《けいた》は大《おお》きめの破片《はへん》を、手《て》のひらにのせて見《み》つめました。息《いき》がつまって、からだがかたまったみたいに動《うご》かなくなってしまいました。

大《おお》つぶのなみだが、ツツーッと圭太《けいた》のほっぺをこぼれました。

「うぅわあ〜！」という大《おお》きな声《こえ》が、まちのなかにこだましていきました。

ママが圭太《けいた》の横《よこ》にしゃがんでいいました。

「クルマにひかれちゃったんだね…」

圭太《けいた》は、なみだ声《ごえ》でママにききました。

「なんで、なんで？　……なんで恐竜《きょうりゅう》さん、ひいちゃうの？」

パパが圭太《けいた》をだっこしてくれました。圭太《けいた》のなみだがボロボロとパパの肩《かた》に落《お》ちました。

「なんで、なんで？　なんでクルマは恐竜《きょうりゅう》さん、ひいちゃうの？」

すると、ママがやさしくいいました。

「きっと恐竜《きょうりゅう》さんは、圭太《けいた》のかわりにひかれてくれたんだよ。だって、圭《けい》太《た》はいつも道路《どうろ》に飛《と》び出《だ》すでしょ。だから圭太《けいた》がひかれないように、かわ

りに恐竜《きょうりゅう》さんがひかれてくれたのよ」

圭太《けいた》は、恐竜《きょうりゅう》のガイコツをひろえるだけひろって、ママたちと公園《こうえん》にもどりました。パパが大《おお》きなクヌギの木《き》の下《した》に、小《ちい》さな穴《あな》をほりました。

「恐竜《きょうりゅう》さん、かわいそうだから、うめてあげようね」

「恐竜《きょうりゅう》さんのお墓《はか》？　カブトムシが死《し》んだときみたいにするの？」

と、圭太《けいた》はききました。

「そうだね。恐竜《きょうりゅう》さん、死《し》んじゃったもんね？」

ママがそうこたえると、圭太《けいた》はちょっとヘンだと思《おも》いました。たしかママは、ほんもののカブトムシが死《し》んだとき、「生《い》きものにはいのちが入《はい》ってて、それがぬけると死《し》んじゃう」っておしえてくれたはずです。それで、圭太《けいた》はききました。

「なんで、おもちゃなのに死《し》んじゃうの？　おもちゃにも、いのちが入《はい》ってるの？」

パパとママは顔《かお》を見《み》あわせて、しばらくかんがえていました。そして、パパがせつめいしてくれました。

「そうだね、おもちゃは生《い》きものじゃないからね。人間《にんげん》や動物《どうぶつ》とおんなじいのちがあるわけじゃないよ。でもね、おもちゃにはおもちゃのいのちがあると思《おも》うな。だから、圭太《けいた》がいっしょに楽《たの》しくあそんだりできるんだよ」

圭太《けいた》のホッペには、なみだの流《なが》れたアトが、すじになって、のこっていました。ママがおしぼりのはしっこで、それをふき取《と》ってくれました。

圭太《けいた》は恐竜《きょうりゅう》のことはあきらめて、おにぎりをほおばって、ムシャムシャと食《た》べました。そして、いつものように、カブ太《た》たちにおすもうをとらせてあそびました。いつもなら大《おお》きなヘラクレスやコーカサスをビューンと投《な》げとばすカブ太《た》も、なぜか力《ちから》が入《はい》らないようです。かんたんにヘラクレスに投《な》げとばされて、公園《こうえん》のベンチからころげ落《お》ちてしまいました。おすもう大会《たいかい》は、なんとなくさびしくおわってしまいました。

公園《こうえん》からのかえり道《みち》、かわいい猫《ねこ》がひなたぼっこをしていました。圭太《けいた》たちが近《ちか》づいていくと、あわてて走《はし》って逃《に》げていきました。ふつうなら追《お》いかけていくところですが、圭太《けいた》は、とてもそんな気持《きも》ちになれません。うつむいたまま、トボトボとお家《うち》へかえっていきました。

その日《ひ》の夜《よる》、ベッドに入《はい》った圭太《けいた》は、おもちゃの恐竜《きょうりゅう》のことをかんがえていました。コナゴナになったすがたを思《おも》い出《だ》すと、昼間《ひるま》とおなじように、胸《むね》のなかが痛《いた》いような、ヘンな感《かん》じになりました。おやすみをいいにきたママに、圭太《けいた》はききました。

「おもちゃもムシも動物《どうぶつ》も、みんないつかは死《し》んじゃうの？」

「そうだね、いつかはね」

「パパとママは、死《し》なないでしょ？」

圭太《けいた》がそういうと、ママは少《すこ》しこまったようにいいました。

「人間《にんげん》も、生《い》きものだからね」

「じゃあ、死《し》んじゃうの？」

圭太《けいた》がきくと、ママはやさしくこたえました。

「そうだね、いつかは死《し》んじゃうかもね。でもそれは、ずっとずっと先《さき》のことだから、しんぱいしなくていいのよ」

「パパもママも、ずっと死《し》なないで！」

「圭太《けいた》が大《おお》きくなって、大《おお》きくなって、パパやママより大《おお》きくなるまで死《し》なないから、だいじょうぶよ」

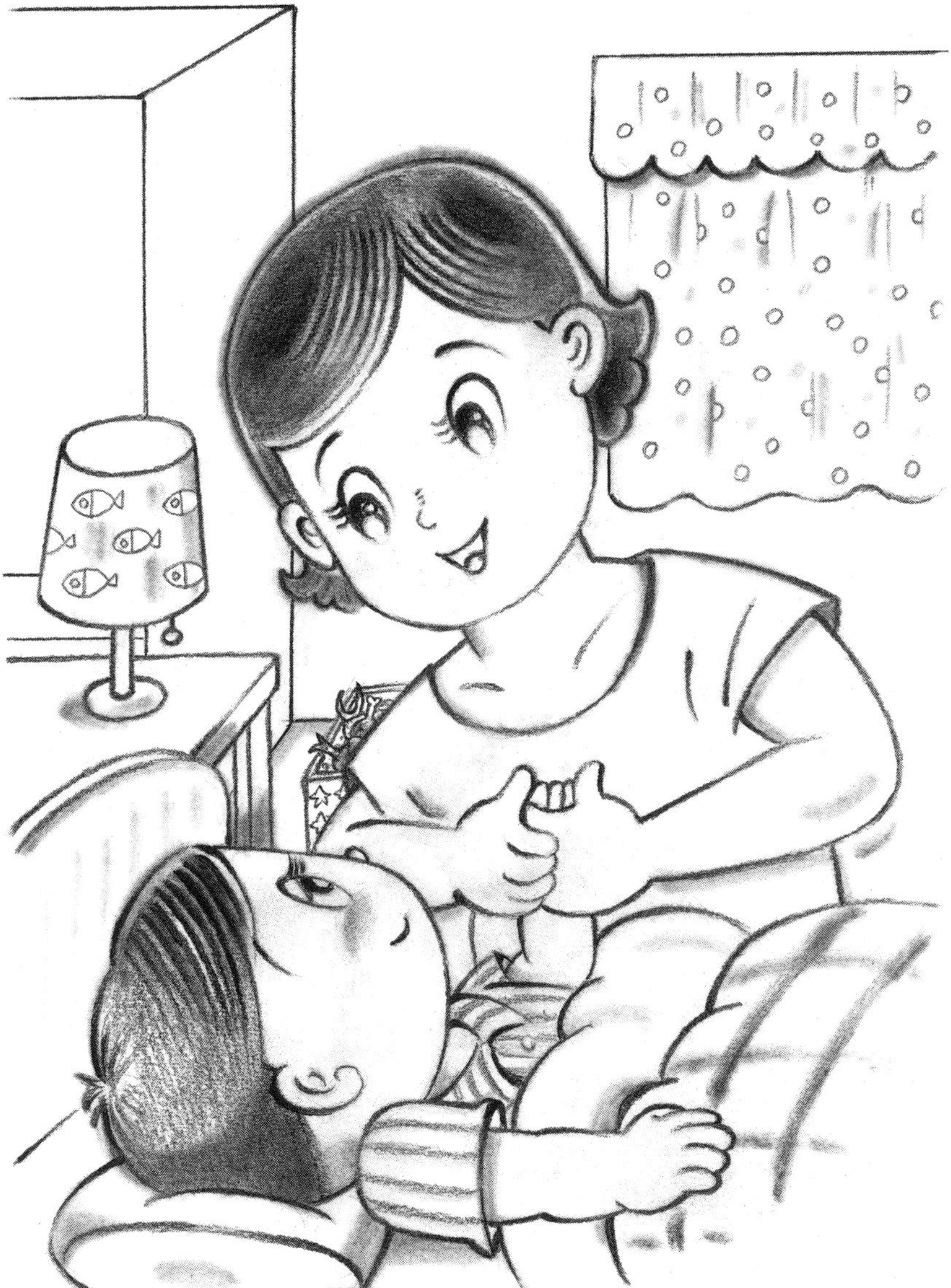

ママはそういって、圭太《けいた》がねむるまで、ずっと手《て》をにぎっていてくれました。

☆　☆　☆

こうして圭太《けいた》の日曜日《にちようび》はおわり、夜《よ》ふけになりました。パパとママもグッスリと、ねむりました。おもちゃの恐竜《きょうりゅう》という、小《ちい》さないのちが消《き》えてしまった、かなしい夜《よ》ふけです。

圭太《けいた》たちがねむるのを、だれかがタンスのかげから見《み》ていました。それは、おもちゃのカブトムシのカブ太《た》です。おもちゃ箱《ばこ》からぬけ出《だ》して、みんながねむるのを待《ま》っていたのです。

カブ太《た》はおもちゃ箱《ばこ》のところにもどって、大《おお》きな声《こえ》でなかまたちをおこしました。

「ご主人《しゅじん》さまたちは、もうねむったよ。さあ、みんなおきてくれ！」

するとおもちゃ箱《ばこ》のなかから、カブトムシとクワガタのおもちゃたちが、ゾロゾロと出《で》てきました。カブ太《た》は全員《ぜんいん》いるかどうか、たしかめました。カブトムシのゲン太《た》、ヘラクレス、ネプチューンとコーカサス。そしてクワガタの一太《かずた》と力太《りきた》。カブ太《た》とあわせて七匹全員《ひきぜんいん》がそろっています。

カブ太《た》はみんなにいいました。

「さあ、反省会《はんせいかい》だよ。きょうの昼《ひる》、恐竜《きょうりゅう》さんが落《お》ちそうになってたのに、なんでボクたちはたすけてあげなかったんだろう？」

すると、ヘラクレスがいいわけをしました。

「まさかクルマにひかれちゃうなんて思《おも》わなかったんだ…」

クワガタの一太《かずた》がいいました。

「だけどキミは、恐竜《きょうりゅう》なんて落《お》ちて死《し》んじゃえばいいんだ、っていったぞ！」

「でもみんなだって、そうだ、そうだ！　っていったじゃないか！」

と、ヘラクレスがいいかえしました。

「まあ、ちょっと待《ま》てよ！」

カブ太《た》がいいあらそいを止《と》めました。

「ボクはケンカするために、みんなをおこしたんじゃないんだ。みんな、わるかったんだよ。ボクだって、心《こころ》のなかでは、恐竜《きょうりゅう》さんが死《し》ねばいいって、ちょっと思《おも》ってたんだ…」

みんな、シーンと静《しず》まりかえりました。ゲン太《た》がいいました。

「ボクたちはみんなさ、恐竜《きょうりゅう》さんにヤキモチやいてたんだよね」

つづいて力太《りきた》がいいました。

「圭太《けいた》さんが、ボクたちより新入《しんい》りの恐竜《きょうりゅう》さんをかわいがるんじゃないかって、しんぱいだったんだ」

つづいてコーカサスがいいました。

「それに、恐竜《きょうりゅう》さんはさ、大《おお》きくてつよそうだったから、おすもう大会《たいかい》でやっつけられるんじゃないかと思《おも》ってこわかった…」

それをきいて、カブ太《た》はみんなにいいました。

「もう、すぎてしまったことはしょうがないさ。それより、ボクたちには、これからできることがあるんじゃないかな」

「えっ？」といって、みんなはカブ太《た》を見《み》つめました。

「恐竜《きょうりゅう》さんを、生《い》きかえらせてあげるんだ！　みんなで力《ちから》をあわせればできるはずだよ！」

「でも、どうやって？」

と、みんなはききました。

「いいかい、よくきいてくれよ」

カブ太《た》はそういって、みんなを手《て》まねきしました。みんなはカブ太《た》のまわりに丸《まる》くなってあつまりました。カブ太《た》はヒソヒソと作戦《さくせん》をせつめいしました。みんなはしんけんにカブ太《た》の話《はなし》をききました。そして、ききおわると、みんなかん声《せい》をあげました。

「よ〜し、やろう、やろう！　みんなでやれば、きっとできるよ！」

七匹《ひき》のなかまたちは、げんかんのドアのすきまをくぐりぬけ、がっさ、ごっそ、がっさと、夜《よ》ふけのまちへと出《で》ていきました。


そのころ、圭太《けいた》はとってもふしぎな夢《ゆめ》を見《み》ていました。

だれかが圭太《けいた》の肩《かた》を、トントン、トントン、とたたいています。

「なんだろう？」

と、圭太《けいた》が思《おも》って目《め》を開《ひら》くと、目《め》の前《まえ》に大《おお》きなガイコツの口《くち》がありました。

「ぎゃっ！」

圭太《けいた》は飛《と》びあがりました。

「だいじょうぶ！　ボクだよ、恐竜《きょうりゅう》のおもちゃだよ！」

と、大《おお》きな口《くち》はいいました。

圭太《けいた》がよく見《み》ると、たしかにそれは恐竜《きょうりゅう》のおもちゃです。でも、昼間《ひるま》のおもちゃより、ずっとずっと大《おお》きいです。それに、なんだか星《ほし》のように光《ひか》りかがやいています。圭太《けいた》は、おそるおそる、そのホッペのあたりをなでてみました。すると恐竜《きょうりゅう》はいいました。

「おどろいたかい？　ボクがクルマにひかれてバラバラになったとき、キミは泣《な》いてくれたよね。ボクはそれが、とってもうれしかったんだ。だから、これから恩《おん》がえしに、とってもすてきなところへ、つれてってあげるよ！　さあ、背中《せなか》にのってごらん！」

いつのまにか圭太《けいた》は、恐竜《きょうりゅう》の大《おお》きな背中《せなか》にのっていました。

「しっかりつかまって！」

恐竜《きょうりゅう》はそういうと、窓《まど》からジャンプして、外《そと》へ飛《と》び出《だ》しました。圭太《けいた》のからだは、恐竜《きょうりゅう》といっしょに、ふわりと空中《くうちゅう》にうかびました。

そのとき、圭太《けいた》は、きゅうにふあんになりました。恐竜《きょうりゅう》には羽《はね》がないのに、空《そら》を飛《と》べるはずがない、と思《おも》ったのです。

「恐竜《きょうりゅう》さん！　恐竜《きょうりゅう》さん！　羽《はね》がないのに、空《そら》を飛《と》んでだいじょうぶなの？」

すると恐竜《きょうりゅう》は、自信《じしん》たっぷりにいいました。

「おっと、そうだね、羽《はね》がなかったね。でもね、ボクたち恐竜《きょうりゅう》のなかまには、大《おお》きなつばさで空《そら》を飛《と》ぶやつもいっぱいいたんだよ。ボクだって、ほ～ら、見《み》てごらん！」

すると、しゅわ～んと音《おと》をたてて、恐竜《きょうりゅう》の肩《かた》のあたりから、大《おお》きな羽《はね》がのびていきました。

「もう、これでだいじょうぶだ！」

恐竜《きょうりゅう》はそういうと、びうん、びうん、びうん！　と、夜空《よぞら》に高《たか》くまいあがりました。

圭太《けいた》のお家《うち》が、あっというまに小《ちい》さくなりました。お家《うち》だけではありません。まちぜんたいが、まるで、箱庭《はこにわ》のように小《ちい》さくなっていきました。圭太《けいた》の幼稚園《ようちえん》も、来年《らいねん》からかよう小学校《しょうがっこう》も、みんなみんな、おもちゃのように小《ちい》さくなりました。

☆　☆　☆

がっさ、ごっそ、がっさ…

がっさ、ごっそ、がっさ…

カブ太《た》たち七匹《ひき》は、ほそくて暗《くら》い道《みち》を行進《こうしん》していました。ときどき街灯《がいとう》の明《あ》かりが、カブ太《た》たちの背中《せなか》を照《て》らしています。でも、夜《よ》ふけの道《みち》に人《ひと》どおりはありません。カブ太《た》たちは、だれにも見《み》つからずに歩《ある》くことができました。

カブ太《た》たちは、クルマにひかれてコナゴナになった恐竜《きょうりゅう》の、こまかい破《は》片《へん》をひろいにいくのです。圭太《けいた》やパパとママが見《み》つけられなかったこまかい破片《はへん》も、小《ちい》さなカブ太《た》たちなら、見《み》つけてひろうことができるのです。

カブ太《た》は、遠《とお》くに光《ひか》る砂《すな》つぶのような破片《はへん》を発見《はっけん》しました。

「あっ、あったぞ！」

するとなかまたちも、つぎつぎと破片《はへん》を見《み》つけました。

「あっ、こっちにも！」

「おっ、こっちにも！」

みんなが破片《はへん》をひろいおわると、カブ太《た》は大声《おおごえ》でいいました。

「よ〜し、じゃあ、こんどは公園《こうえん》だ！」


がっさ、ごっそ、がっさ…

がっさ、ごっそ、がっさ…

恐竜《きょうりゅう》のこまかい破片《はへん》をもったカブ太《た》たちは、公園《こうえん》のクヌギの木《き》の下《した》へと、やってきました。そこは、昼間《ひるま》、圭太《けいた》とパパとママが、恐竜《きょうりゅう》の骨《ほね》をうめたお墓《はか》のところです。カブ太《た》たちがひろってきた骨《ほね》の破片《はへん》と、お墓《はか》の骨《ほね》をあわせれば、恐竜《きょうりゅう》の骨《ほね》が、ぜんぶそろうのです。

「よーし、じゃあ、あとは打《う》ちあわせしたとおり、みんな、がんばろうぜ！」

びうん、びうん、びうん！

びうん、びうん、びうん！

恐竜《きょうりゅう》にのった圭太《けいた》は、夜空《よぞら》をどんどんまいあがり、くもをつきぬけ、空《そら》をつきぬけていきました。もう、家《いえ》もまちも見《み》えません。下《した》のほうに大《おお》きな地球《ちきゅう》が見《み》えています。目《め》の前《まえ》にはまん丸《まる》くかがやく月《つき》が、どんどん近《ちか》づいてきます。でも、恐竜《きょうりゅう》は月《つき》にいくのではありませんでした。月《つき》のすぐそばをとおりすぎ、そのままどんどんスピードをあげていきます。そして大《おお》きな赤《あか》いはんてんのある星《ほし》のそばをとおりすぎました。

「いまのは木星《もくせい》さ！」

と、恐竜《きょうりゅう》はおしえてくれました。つづいて、きれいな輪《わ》っかのある星《ほし》の横《よこ》をすりぬけていきました。

「いまのが土星《どせい》だよ！」

圭太《けいた》と恐竜《きょうりゅう》は、いつのまにか、天《あま》の川《がわ》のなかを飛《と》んでいました。たくさんの星《ほし》が、すごいスピードですれちがっていきます。

圭太《けいた》のまわりには、パパにおしえてもらったたくさんの星座《せいざ》が、いっぱい見《み》えていました。さそり座《ざ》や白鳥座《はくちょうざ》、おおくま座《ざ》、こぐま座《ざ》、冬《ふゆ》の星座《せいざ》のオリオン座《ざ》までよく見《み》えます。なかには、見《み》たこともない星座《せいざ》もありました。それは、カブトムシやクワガタのかたちをしていました。圭太《けいた》はそれを見《み》て、ひとりごとをいいました。

「カブ太《た》たち、いまごろどうしてるかな？」

えっさ、よっさ、えっさ…

えっさ、よっさ、えっさ…

公園《こうえん》のクヌギの木《き》の下《した》では、カブ太《た》たち七匹《ひき》が、骨《ほね》がかりと糊《のり》がかりの二班《にはん》にわかれて、いっしょうけんめいはたらいていました。骨がかりは、お墓《はか》から骨《ほね》をほり出《だ》して、運《はこ》んできた骨《ほね》の破片《はへん》とあわせて恐竜《きょうりゅう》を組《く》みたてるかかりです。糊《のり》がかりは、クヌギの木《き》の樹液《じゅえき》をとってきて、接着剤《せっちゃくざい》のように、恐竜《きょうりゅう》の骨《ほね》をくっつけるかかりです。

クヌギの樹液《じゅえき》はカブ太《た》たちの大好物《だいこうぶつ》なので、なかには樹液《じゅえき》を食《た》べるのに夢中《むちゅう》になっているなかまもいます。でも、そんななかまにカブ太《た》はいいました。

「食《た》べるのはあとだよ！　とにかく恐竜《きょうりゅう》さんを、生《い》きかえらせるのがさきだからね！」

えっさ、よっさ、えっさ…
えっさ、よっさ、えっさ…
カブ太《た》たちががんばったおかげで、とうとう恐竜《きょうりゅう》は、もとどおりのかたちにできあがっていきました。カブ太《た》が恐竜《きょうりゅう》のさいごの骨《ほね》の破片《はへん》をくっつけると、

「やった、やった！」

と、かん声《せい》があがりました。でもそのとき、ネプチューンがいいました。

「できたけど、なにかたりなくないかなあ？」

「なにかって？」

と、ヘラクレスがききました。

「なにかってさ、これだよ、これ！」

ネプチューンはそういって、背中《せなか》のハネをバタバタさせました。

「そうか、ハネがないんだ！」

と、一太《かずた》がいいました。

「そうだよ、ボクたち虫《むし》には、みんなハネがあるのに、なんで恐竜《きょうりゅう》にはないんだろう？　だって、ハネがなかったら、空《そら》を飛《と》べないじゃないか？」

カブ太《た》はみんなの話《はなし》をきくと、そうだ！　といって、クヌギの木《き》に登《のぼ》っていきました。

「恐竜《きょうりゅう》に、ハネをつけてあげるんだ！」

カブ太《た》はクヌギの葉《は》っぱを二枚《まい》とり、樹液《じゅえき》を吸《す》って、おりてきました。

そして、恐竜《きょうりゅう》の肩《かた》のところに樹液《じゅえき》をぬって、そこにペタリとクヌギの葉《は》っぱをはりつけました。

すると、そのときです。恐竜《きょうりゅう》はとつぜん、パチリと目《め》を開《ひら》きました。カブ太《た》たちはビクッとして、みんな一歩《いっぽ》ずつあとずさりしました。自分《じぶん》たちがたすけたといっても、あいては恐竜《きょうりゅう》です。もしかしたら、食《た》べられてしまうかもしれません。でも、しんぱいするひつようはありませんでした。恐竜《きょうりゅう》はカブ太《た》たちを見《み》て、やさしい声《こえ》でうれしそうにいったのです。

「ありがとう、みんな！　ボクを生《い》きかえらせてくれて、ありがとう！」

☆　☆　☆

びうん、びうん、びうん！

びうん、びうん、びうん！

空《そら》を飛《と》ぶ恐竜《きょうりゅう》の背中《せなか》で、圭太《けいた》はすごく大《おお》きくて、ひときわまぶしくかがやく星座《せいざ》を見《み》つけていました。

「ねえ、あれ、なんだろう？」

圭太《けいた》がそういうと、恐竜《きょうりゅう》はこたえました。

「やっぱり、見《み》つけたね。すごくきれいだろ？」

それは圭太《けいた》が博物館《はくぶつかん》で見《み》た、ティラノザウルスの骨格標本《こっかくひょうほん》にそっくりの星座《せいざ》でした。

「そうか、恐竜《きょうりゅう》さんの星座《せいざ》なんだ！」

「そう、あれは恐竜座《きょうりゅうざ》さ！」

恐竜《きょうりゅう》は、恐竜座《きょうりゅうざ》がどうしてできたのか、せつめいしてくれました。

「ある日《ひ》、小《ちい》さなおもちゃの恐竜《きょうりゅう》がね、ご主人《しゅじん》さまのみがわりになって、クルマにひかれて死《し》んでしまったんだ。それでね、神《かみ》さまが恐竜《きょうりゅう》のおもちゃをきれいな星座《せいざ》にしてくれたんだ」

「そうだったんだ…」

圭太《けいた》はかんげきして星座《せいざ》を見《み》つめています。恐竜《きょうりゅう》はそんな圭太《けいた》に、せつめいをつづけます。

「あの日《ひ》ね、じつはね、恐竜《きょうりゅう》のご主人《しゅじん》さまは、クルマにひかれるうんめいだったんだ」

「えっ、ほんとう？」

圭太《けいた》は、そんなことをとつぜんいわれて、おどろいてしまいました。

恐竜《きょうりゅう》はいいました。

「ほんとうだよ。公園《こうえん》のかえりにね、道路《どうろ》に飛《と》び出《だ》して、クルマにひかれるはずだったんだ…。でも、おもちゃの恐竜《きょうりゅう》はね、自分《じぶん》をだいじにしてくれたご主人《しゅじん》さまがそんな目《め》にあうなんて、ゆるせなかった。なんとかしてたすけられないかってかんがえた。それで、いいアイデアを思《おも》いついたんだ。自分《じぶん》がリュックから落《お》ちてクルマにひかれればいいんだって！」

「じゃあ、恐竜《きょうりゅう》さんは、しぜんに落《お》ちたんじゃなかったの？」

「そうだよ。カブ太《た》たちも、リュックが開《ひら》いてゆれて落《お》ちたと思《おも》ってるけど、ほんとうは、わざと落《お》ちたんだ。キミはおぼえてるかな？　恐竜《きょうりゅう》がひかれたあと、コナゴナにくだけた破片《はへん》を見《み》て、ママがいっただろ？　飛《と》び出《だ》すとクルマにひかれちゃうんだよ！　恐竜《きょうりゅう》さんが圭太《けいた》のかわりにひかれてくれたんだよって！」

「うん、おぼえてる…」

「公園《こうえん》のかえりに、一匹《ぴき》の猫《ねこ》がいたよね？」

「うん、いたいた…」

「ふつうなら、キミは猫《ねこ》が走《はし》ってくのを見《み》たら、追《お》いかけるよね？」

圭太《けいた》は「アッ！」と小《ちい》さくさけびました。そして、そのときのことを思《おも》

キキ

い出《だ》していいました。

「そうだよ。いつもなら追《お》いかけてくよ。でもさ、恐竜《きょうりゅう》さんが死《し》んじゃったから、そんな元気《げんき》、なかったんだ…」

恐竜《きょうりゅう》は、せつめいをつづけました。

「あのあと、あの猫《ねこ》はね、すごいスピードで走《はし》ってきたダンプの前《まえ》に飛《と》び出《だ》して、あやうくひかれるところだったんだ。ギリギリで道路《どうろ》をわたったけどね。でもさ、もしも猫《ねこ》を追《お》いかけて、だれかが飛《と》び出《だ》してたら、どうなったと思《おも》う？」

圭太《けいた》はゴクリと唾《つば》をのみ、だまってしまいました。恐竜《きょうりゅう》は、静《しず》かにいいました。

「ぺちゃんこになって、いまごろいのちがぬけちゃってたよ…」

圭太《けいた》はこわくなって、恐竜《きょうりゅう》の背中《せなか》に力《ちから》いっぱいしがみつきました。

「じゃあ、恐竜《きょうりゅう》さんがわざと落《お》ちてくれたおかげで、ボクは…？」

恐竜《きょうりゅう》は、ちょっと照《て》れ笑《わら》いをしていいました。

「ご主人《しゅじん》さまのために、あたりまえのことをしたまでさ。とにかくたすかって、よかったじゃないか！」

圭太《けいた》は、よかったと思《おも》うとどうじに、少《すこ》しかんがえこんでしまいました。

（いのちって、なんだろう？　いのちがぬけちゃうって、どういうことなんだろう…）

圭太《けいた》のこころの声《こえ》にこたえて、恐竜《きょうりゅう》はいいました。

「ボクがコナゴナになったときの気持《きも》ちを思《おも》い出《だ》してごらん。どんな気持《きも》ちだったかな？」

「うん、かなしくて、なんだか胸《むね》が痛《いた》いような、へんな気持《きも》ちだった。だから泣《な》いたんだもん…」

「そんならキミは、いのちってなんなのか、もうわかったはずだよ！」

「どういうこと？」

「なくなったときにね、まわりの人《ひと》が、かなしくてかなしくてたまらなくなるもの。それが、いのちなのさ」

圭太《けいた》をのせた恐竜《きょうりゅう》は、いつのまにか、恐竜座《きょうりゅうざ》に近《ちか》づいていました。近《ちか》づけば近《ちか》づくほど、恐竜座《きょうりゅうざ》は大《おお》きくてきれいでした。ところがそのとき、とつぜん、すごくまぶしい光《ひかり》が、よこのほうから近《ちか》づいてきました。長《なが》い光《ひかり》のシッポをもった大《おお》きな星《ほし》です。

「あっ、あれはなに？」

圭太《けいた》がきくと、恐竜《きょうりゅう》はいいました。

「ほうき星《ぼし》だ！　それも、とっても巨大《きょだい》だよ。ぶつかったら大変《たいへん》だ！　クルマにひかれたボクのおもちゃみたいに、バラバラになっちゃう。さあ、しっかりつかまって!」

ほうき星《ぼし》はすごいスピードで圭太《けいた》の横《よこ》をとおりすぎていきました。ものすごい風《かぜ》で、圭太《けいた》は振《ふ》り落《お》とされそうになりました。でも、圭太《けいた》は必死《ひっし》で恐竜《きょうりゅう》の背中《せなか》にしがみついていました。

すると、巨大《きょだい》なほうき星《ぼし》は、恐竜座《きょうりゅうざ》の心臓《しんぞう》のあたりに向《む》かって、びゅびゅ〜ん! と、すっ飛《と》んでいきました。

「ずどどお〜ん!」

ほうき星《ぼし》は恐竜座《きょうりゅうざ》にぶつかってしまいました。そして恐竜座《きょうりゅうざ》もほうき星《ぼし》も、あとかたもなく飛《と》びちってしまいました。それから、ものすごくたくさんの光《ひかり》が押《お》しよせてきました。圭太《けいた》はまるで、光《ひかり》のシャワーをあびているようでした。かみの毛《け》も目《め》も鼻《はな》もホッペも、そのシャワーでキラキラと洗《あら》われました。圭太《けいた》はあまりのまぶしさに、目《め》をつぶってさけびました。

「ま、まぶしいよォ！　まぶしいよォ！　たすけてよォ！」

圭太《けいた》は、恐竜《きょうりゅう》がなにかこたえてくれるのを待《ま》ちました。でも、恐竜《きょうりゅう》の声《こえ》は、いつまでたってもきこえてきませんでした。

☆　☆　☆

「もう、朝《あさ》よ。おきなさい…」

それはママのやさしい声《こえ》でした。圭太《けいた》がゆっくりと目《め》を開《ひら》くと、ママがカーテンを開《あ》けたところです。朝《あさ》の光《ひかり》が圭太《けいた》のまくらもとまで、シャワーのようにふりそそいでいます。

「あれっ、恐竜《きょうりゅう》さんは？」

と、圭太《けいた》はききました。するとママは笑《わら》いながらこたえました。

「いやねえ、圭太《けいた》ったら！　なに、ねぼけてるの？　恐竜《きょうりゅう》さんは、こわれちゃったから、公園《こうえん》にお墓《はか》をつくってうめたでしょ？」

圭太《けいた》はきのうのことを思《おも》い出《だ》して、

「あっ、そうか…」

と、いいました。でも、圭太《けいた》はそのとき、まくらもとにあるものを見《み》て、おどろいてしまいました。

「ねえ、ママ、ママ！　恐竜《きょうりゅう》さんが…」

ママは笑《わら》ってふりむきました。

「まだ、ねぼけてるの？」

でも、ママもそのとき、まくらもとのものに気《き》づいてビックリしました。

そこにはバラバラになったはずの恐竜《きょうりゅう》が、しっかりと立《た》っていたのです。

おまけに、その背中《せなか》には、クヌギの葉《は》っぱでできた羽《はね》がつけられていました。

「恐竜《きょうりゅう》さん、生《い》きかえったんだ！」

圭太《けいた》は大《おお》よろこびでさけびました。

「でも、どうして？」

と、ママにききました。ママは、ふしぎそうに恐竜《きょうりゅう》をじっと見《み》ながらいいました。

「パパ…、かしら。でも、いつのまに…。それに、どうして羽《はね》がついてるのかしら？」

圭太《けいた》はそれをきいていいました。

「だって、恐竜《きょうりゅう》さんには、羽《はね》があるんだよ！」

「ないわよ、恐竜《きょうりゅう》に羽《はね》なんて…」

と、ママはいいました。圭太《けいた》は大《おお》きな声《こえ》で、ママにいいかえしました。

「あるよ！　だってボク、見《み》たもん！　羽《はね》のある恐竜《きょうりゅう》さんにのって、空《そら》、飛《と》んだんだもん！」

圭太《けいた》は羽《はね》のはえた恐竜《きょうりゅう》を手《て》にとって、じっと見《み》つめました。とってもうれしいのに、なぜだかなみだが出《で》てきました。圭太《けいた》は恐竜《きょうりゅう》に話《はな》しかけました。

「よかったね、生《い》きかえって、よかったね！　ぬけちゃったいのちが、もどってきたんだね！」

それをきいて、ママが、ちょっとあわてていいました。

「おもちゃだから生《い》きかえったのよ。でも、人間《にんげん》はちがうからね。いのちは一度《いちど》でもぬけちゃったら、もう二度《にど》ともどってこないんだから！　人間《にんげん》は生《い》きかえらないいんだからね！　ママが、なにいいたいか、わかる？」

「ん？　う〜ん…」

よくわからなかったので、圭太《けいた》は少《すこ》し、くびをかしげました。ママはいいました。

「圭太《けいた》はぜったい、クルマにひかれちゃダメってこと！　ぜったい、道《みち》に飛《と》び出《だ》しちゃダメってこと！」

「うん、わかったよ、わかったよ！」

圭太《けいた》は元気《げんき》にいうと、ベッドからおきあがりました。でも、まだ夢《ゆめ》を見《み》ているような、ふしぎな気分《きぶん》でした。そしてママを見《み》あげてききました。

「でもさ、いのちって、どこに入《はい》ってるの？　あたまかなあ、それとも、むね？　おなか？　ねえ、どこに入《はい》ってるの？」

「う〜ん…」

今度《こんど》はママがくびをかしげました。そして、しばらくかんがえてからいいました。

「どこにってね、からだに入《はい》ってるの。ひとりのからだに、ひとつだけ。みんなのからだに、ひとつずつ」

「ふ〜ん、ひとりにひとつ、入《はい》ってるんだ…」

圭太《けいた》はそういいながら、

(なんでひとりにひとつだけなんだろう?)

と思《おも》いました。でも、それはママにはききませんでした。

圭太《けいた》はベッドからおりて、窓辺《まどべ》に立《た》ちました。外《そと》にはさわやかな朝《あさ》の空《そら》が広《ひろ》がっています。恐竜《きょうりゅう》が羽《は》ばたいたときのようなここちよい風《かぜ》が、圭太《けいた》のホッペをやさしくなでて、ふきぬけていきました。

(おわり)

## ●あとがき

日々《ひび》育《そだ》っていく子供《こども》を見《み》ていると、子供《こども》の頃《ころ》の自分《じぶん》を思《おも》い出《だ》し、今《いま》の自分《じぶん》を〝子供《こども》という鏡《かがみ》〟に映《うつ》していることがよくあります。自分《じぶん》はすごく頑固《がんこ》で言《い》い出《だ》したら聞《き》かなかったとか、でもとても純粋《じゅんすい》な気持《きも》ちを持《も》っていて、大人《おとな》から見《み》ると些細《ささい》なことで傷《きず》ついたり涙《なみだ》したりしたとか…。

この童話《どうわ》も、子供《こども》との日常《にちじょう》のひとコマから生《う》まれたものです。作中《さくちゅう》と同様《どうよう》に恐竜《きょうりゅう》のおもちゃが、当時《とうじ》5歳《さい》だった息子《むすこ》のリュックから落《お》ちてしまいました。そして、それに気《き》づいて戻《もど》った時《とき》には車《くるま》にひかれて粉々《こなごな》に！　その時《とき》の息子《むすこ》の悲《かな》しみようは、大人《おとな》には想像《そうぞう》もつかないものでした。それはたかがおもちゃでしかないのに、息子《むすこ》は本当《ほんとう》に命《いのち》あるものを失《うしな》ったかのように慟哭《どうこく》したのです。

この出来事《できごと》は息子《むすこ》にとって、育《そだ》っていく過程《かてい》でたまたま立《た》ち寄《よ》ったひとつの駅《えき》にすぎないかもしれません。心《こころ》から愛《いと》しんだり悲《かな》しんだりする感情《かんじょう》も、いずれ忘《わす》れてしまうでしょう。ですが、できれば忘《わす》れてほしくないものです。そこで、この出来事《できごと》を切《き》り口《くち》に、ほたる賞《しょう》のテーマである〝命《いのち》の輝《かがや》き〟を描《えが》きたいと考《かんが》え、物語《ものがたり》にしてみました。

そういう意味《いみ》では、この童話《どうわ》は息子《むすこ》が私《わたし》にくれたプレゼントでもあり、息子《むすこ》への私《わたし》からのお返《かえ》しでもあります。いつか息子《むすこ》がこの物語《ものがたり》の中《なか》に、成長《せいちょう》した自分《じぶん》と幼《おさな》い自分《じぶん》の姿《すがた》を重《かさ》ね合《あ》わせて見《み》られるように。自分《じぶん》を映《うつ》す鏡《かがみ》とすることができるように。少《すこ》しでも多《おお》くの子供《こども》たちに、命《いのち》を愛《いと》しむ純粋《じゅんすい》な気持《きも》ちが共感《きょうかん》をもって伝《つた》わることを心《こころ》から祈《いの》っています。

講評者紹介

## 小沢昭巳（おざわ あきみ）

1929年、富山県朝日町生まれ。小学校教師のとき、いじめをなくす願いをこめて壁新聞に「とべないホタル」を発表。時を経て1990年、『とべないホタル』（ハート出版刊）で第1回高岡市民文化賞受賞。1991年、北日本新聞功労賞受賞。1992年、富山県功労賞受賞。

## ●講評《こうひょう》

### 詩情《しじょう》あふれるファンタジー

詩情《しじょう》に満《み》ちたファンタジックな物語《ものがたり》。

大切《たいせつ》なおもちゃを失《な》くした少年《しょうねん》の子《こ》どもらしい悲《かな》しみが、美《うつく》しく優《やさ》しい文章《ぶんしょう》で描《えが》き出《だ》されています。おもちゃが、プラスチック製《せい》の恐竜骨格模型《きょうりゅうこっかくもけい》だというおもしろい設定《せってい》が、フレッシュで不思《ふし》議《ぎ》な効果《こうか》をも与《あた》えています。

作者《さくしゃ》のあとがきによれば、これは実際《じっさい》に起《お》きた出来事《できごと》だったということ。しかし、作者《さくしゃ》は、その現実《げんじつ》の素材《そざい》を見事《みごと》な冴《さ》えでサスペンス豊《ゆた》かな物語《ものがたり》の世界《せかい》に移《うつ》し替《か》えておられます。

一方《いっぽう》で、作者《さくしゃ》の自在《じざい》な空想力《くうそうりょく》は、物語《ものがたり》の空間《くうかん》を純化《じゅんか》し、一篇《いっぺん》の詩《し》としても際立《きわだ》たせておられるようです。童話《どうわ》の原質《げんしつ》は、本来《ほんらい》、「詩《し》」であったことを、作者《さくしゃ》はよく心得《こころえ》ていらっしゃるのだと思《おも》います。畏敬《いけい》の念《ねん》を抱《いだ》いて読《よ》ませていただきました。（小沢昭巳）

作者紹介

竹内 亨（たけうち とおる）

1957年、東京都生まれ。早稲田大学第一文学部卒業。広告代理店でＣＭプランナーおよびクリエイティブディレクターとして勤務のかたわら、漫画雑誌の原作・脚本を中心に活動。2006年から執筆活動に専念。

画家紹介

早稲本雄二（わせもと ゆうじ）

1948年、広島県生まれ。日本大学芸術学部演劇学科卒業。映像関係の会社に入社後、フリーのイラストレーターとして活躍。
デビュー作品で、日本クリエイティブ協会イラスト挿絵部門賞受賞。現在は主に教科書や児童書を手掛ける。

# いのちはどこに入《はい》ってるの？

平成18年7月29日　第1刷発行

ISBN4-89295-546-9 C8093
N.D.C.913／64P／21.6cm

発行者 日高裕明
発行所 ハート出版
〒171-0014 東京都豊島区池袋3-9-23
TEL. 03-3590-6077 FAX. 03-3590-6078
ハート出版ホームページ http://www.810.co.jp/

印刷・製本／中央精版印刷

★乱丁、落丁はお取り替えします。その他お気づきの点がございましたら、お知らせ下さい。

# 「ほたる賞」グランプリ受賞作

第9回受賞作

## おかあさんのパジャマ

とつぜんの親の入院——、不安や寂しさをガマンしている子供の心が痛いほどよく分かる。親と子、姉妹でも少しずつ違う気持ちを見事に描き分け、家族の絆を問う物語。同じ体験をもたなくても、きっと涙します。

渡辺博子・作／鈴木永子・画

本体価格：880円

第8回受賞作

## チビちゃんの桜

村はずれの一本のサクラの木が、昔そこにあった家族を物語る。精一杯に生きる飼い猫たちが姉と妹に残してくれた〝たいせつな時間〟。動物と人間は理解し合えることを、深い悲しみと感動で教えてくれる。

山崎香織・作／高橋貞二・画

本体価格：1000円

第7回受賞作

## 星をまく人

南の小島を舞台に繰り広げられるファンタジー。自然農法をいとなむおじさんの元に、都会からやって来た引きこもりの女の子。自分らしさ、ピュアな生き方を、ふしぎな〝ホタル栽培〟にかかわって体得していく。

竹田弘・作／高橋貞二・画

本体価格：1000円

第6回受賞作

## ぼくはゆうれい

ゆうれいを題材に、いじめられた子といじめた子の目線で描いた物語。自殺した男の子があの世でおじさん（神様?）から出された「宿題」の意味は? 子ども社会の重いテーマをコミカルに描く。

坂の外夜・作／画

本体価格：880円

第5回受賞作

## ゴムの手の転校生

転校生は右手が「義手」でも、かくすこともしない強くて明るい女の子。クラスメイトの戸惑いから、いじめも生まれる。障害をもった子とどう付き合えばいいのか、真の優しさとは何かを問いかける。

上仲まさみ・作／高田耕二・画

本体価格：1000円